G000124083

Un personnage de Thierry Courtin
Couleurs : Sophie Courtin

Loi n° 49.956 du 16 juillet 1949
sur les publications destinées à la jeunesse.
© Éditions Nathan (Paris-France), 1999
ISBN : 978-2-09-202074-6
N° d'éditeur : 10156461
Dépôt légal : mars 2009
Imprimé en Italie

T'choupi
fait une surprise à maman

Illustrations
de Thierry Courtin

– Papa, viens voir, je veux
te dire quelque chose.
– Qu'y a-t-il, T'choupi ?
– À l'école, j'ai préparé
un cadeau pour maman.

– Il est où, ton cadeau ?
demande papa.
– Je l'ai caché.
Je le montre qu'à toi.
Là ! Maman ne risque pas
de le trouver.

– Papa, si je te dis
ce que c'est, tu promets
de ne pas lui répéter ?
– C'est promis, T'choupi !
– Eh ben, j'ai fait un beau
dessin de maman et
j'ai signé T'CHOUPI.

– Bravo T'choupi !
– Tu crois qu'elle va
être contente, maman ?
– Oh oui, c'est sûr.
Si tu veux, T'choupi, on
peut aller cueillir un beau
bouquet. Comme ça,
maman sera très gâtée.

En partant, T'choupi dit
à maman :
– Papa et moi, on va
se promener, mais je te dis
pas où. C'est un secret !

– Bon, qu'est-ce que
tu en penses T'choupi,
il est beau, notre bouquet ?
– Oh oui ! Il est gros
quand même. Alors, on
peut rentrer.

– Chut, T'choupi, il ne
faut pas faire de bruit.
– Oh là là ! J'espère
que maman ne va pas
nous voir.

– Je vais chercher
mon dessin. Toi, papa,
tu dis à maman de fermer
les yeux jusqu'à ce que
j'arrive.

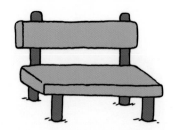

– Ça y est maman, tu peux ouvrir les yeux !
– Oh ! Merci beaucoup, mon T'choupi. Je suis couverte de cadeaux. Et ton dessin est très beau.

T'choupi chuchote
à l'oreille de maman :
– Je vais te dire
un secret. Tu es
ma maman adorée.